KB122145

청소년시집

가슴에 뜨는 달

이병우 시집

그글

책머리에

'가슴에 뜨는 달'을 펴내며

첫 시집을 펴낸 지 5년 반 만에 두 번째 시집을 갈무리하여 내놓습니다. 첫 시집은 70년의 내 생활의 기억 중에 잊히지 않는 조각들을 모아놨다면 제2 시집에는 인생의 후반기에서 이정표가 되어 준 아이들과 목표를 가지고 살게 한 주변인들의 참사랑을 그린 내용입니다.

고장 난 기관차처럼 내 나이도 팔순을 향해 폭주합니다. 새해 아침 손자와 아이들의 인사를 받았는데, 어느새 여름과 풍성한 가을을 지나 또 다른 봄을 맞습니다. 이제 하루하루 일상에 동기를 부여하고 목적의식을 가지고 살아야 하겠다는 다짐을 합니다.

칠십 고희를 살다가 보니 할 일 없이 소일하다가 생을 마감하는 이웃도 있고, 하루 24시간이 아까워 쪽잠을 자며 자기 일에 충실하던 사람의 모습이 생각납니다. 후자의 경우처럼, 일하는 사람이 늙지 않고 자기 일이 있는 사람이 건강하게 삽니다.

그동안 찬송가와 유치원 교재에 들어갈 유아 동요 가사를 쓰며 내 생활의 바탕이 되어준 신앙심을 다지고 천진한 얼굴의 아기들을 바라보며 진실한 마음을 담은 시편을 썼습니다. 이 책에 담은 100여 편 가까운 시편을 통해 내 인생의 기쁨과 사랑을 발견하셨다면 반갑겠습니다.

늘 사랑하는 마음으로 이 책을 올려 드리며 한여름에 이 책을 준비해서 서리꽃이 필 무렵, 한 자리에 모시고 정담을 나누며 그동안 베풀어주신 은혜에 감사 인사드리고자 합니다.

2021년 4월 13일

내고향 군산 나폴리에서

저자 **이병우** 드림

목차

제1부 복수초 피어나는 산길

제2부 살며 사랑하며(시조와 노랫말)

◈ 동요와 유아동요

◈ 시조

제3부 가슴에 뜨는 달

제4부 절벽 위의 소나무처럼

제5부 아름다운 세상(찬송가와 찬양시)

제1부 복수초 피어나는 산길

꽃 잔디2

땅바닥을 기며 자라도
꽃이다.

하나로 있을 때는
불씨 같아 보였지만
여럿이 뭉쳐 군락을 이루니
꽃방석이라는 이름으로 불린다.

이른 봄 산비탈에
잔디밭에
불꽃처럼 피어있는 꽃 잔디.

동백꽃

경칩 지나 안개비 내리는데
마당 깊은 고택에는
잔설이 남아있고

풀풀 일어서는 찬바람에
빨간 동백꽃
뚝 뚝 떨어져 발자국 만든다.

진달래 참꽃이 피면

꽃이 좋아
꽃나무를 기르며 화분을 늘려가던 집

형님도 형수님도
누님도 동생들도 뜰이며 베렌다에
철마다 싱그러운 꽃을 피워냈다.

형제들 모두가
일월 초에 생일이 겹치거나
하루 이틀 건너뛰며 태어나서인지
새벽잠이 없고 부지런한 게
특성이다.

형님이 가시고 난 뒤
참꽃 피는 봄이 오면 그 봄날의
뜰 안에 꽃 풍경이 그리워
무심코 찾는 나폴리 내 고향 집

언제 다시 또 볼까
참꽃 핀 이 푸른 봄날
눈 시리게 동네를 휘젓고 다니다
돌아서는 발길이 해가 가면 갈수록
무겁기만 하다.

필명(筆名)이 된 당호(幢號)

내장사에 주석하시던 스님이
춘우(春雨)라는 법명을 선물하시고
자형께서는 춘우(春宇)라
당호(幢號)를 지어 주셨다.

스님이 주신 법명은 봄비라는 뜻이요
자형이 주신 당호는 봄의 우주라는 뜻
깨어나는 봄의 세계라고 하셨다.

문단의 선배이지만
세월의 후배인 호천은
내 필명을 춘우(春牛)가 적당하다 했다.

춘우(春牛)라면 봄철의 일소를 말함이라
겨우내 외양간에서
잘 먹고 살 불리다가
날 풀리고 씨뿌리는 철이니

쟁기 메고 일을 하는 관상(觀相)이라
평생 일만 하는 상이라네.

즐거운 필명(筆名)은 아니지만
내 일생을 반쯤은 알고 있는 터라
칠순의 나이에 겁 없이 돈 벌려고
동분서주(東奔西走) 하다 보니
봄의 봄 춘우가 맞는 별호(別昊)같다.

내장사에 주석하시던 스님이
춘우(春雨)라는 법명을 선물하시고
자형께서는 춘우(春宇)라
당호(幢號)를 지어 주셨다.

스님이 주신 법명은 봄비라는 뜻이요
자형이 주신 당호는 봄의 우주라는 뜻
깨어나는 봄의 세계라고 하셨다.

문단의 선배이지만
세월의 후배인 호천은
내 필명을 춘우(春牛)가 적당하다 했다.

춘우(春牛)라면 봄철의 일소를 말함이라
겨우내 외양간에서
잘 먹고 살 불리다가
날 풀리고 씨뿌리는 철이니
쟁기 메고 일을 하는 관상(觀相)이라
평생 일만 하는 상이라네.

즐거운 필명(筆名)은 아니지만
내 일생을 반쯤은 알고 있는 터라
칠순의 나이에 겁 없이 돈 벌려고
동분서주(東奔西走) 하다 보니
봄의 봄 춘우가 맞는 별호(別昊)같다.

복수초

축령산 오르는 길목
잔설을 이고 복수초가 피어났다.

입김 호호 불며
입술크기 만큼 열어놓은 눈구멍
겨우내 밖안 상황 살피던
토담집 노란 문구멍
해소 기침 쿨럭이시던 외할머니의 집.

안개 바람 열리고
햇살이 곱게 펴지는 한낮
배시시 웃던
버즘 피던 친구의 얼굴.

춘몽

가수(歌手)가 꿈이었던 누님
어머니 일찍 여의고
누님의 품에서 자란 칠순의 동생'

그 누님의 꿈을 생각하며
노랫말과 찬송가(讚頌歌) 가사를 지을 때면
가끔 동생 때문에
청운(靑雲)의 꿈 접은 누님을 본다.

꿈을 접고 좌절하고
희망을 놓고 살던 젊은 날
서울의 길거리를
버스를 탈 수 있는 토큰 하나 없어
빗속을 걷던 날도
처절한 각오(覺悟) 다지는 계기가 되었다.

누님이 즐겨 부르시던 가곡과
그 목소리를 닮은 가수
어쩌면 누님이 서 있었을지도 모를 자리.

찬송가를 부르고
노래방 구석에서 노래를 불러도
어릴 때 나를 업고
노래를 부르던 누님 생각에
세월의 리모콘이 있다면 되돌리고 싶다.

민들레꽃

짓밟히고도 뿌리만 살아있어도
싹을 내밀고 꽃을 피우는 민들레.

작고 볼품없는
솜털 달린 씨앗 하나가 날려서
돌 틈에, 담벼락 아래
강아지 오줌을 안고도 뿌리를 내린다.

늦은 여름 툇마루에서
민들레 쌈밥을 먹으면서
민들레처럼 살라고 하시던 어른들 말씀
고희가 지난 나이에 그 치열한 삶
이해를 한다.

쓰고도 맵지만
약효 때문에 상식하는 사람들
흰민들레면 어떻고 노랑 민들레면 어떠한가?

반만년을 인고하며 살아온
우리 민족의 슬기
이제 민들레의 끈질긴 생명력으로
대동단결의 여력을
하나둘 모아야 할 때이다.

맵고 쓴 왜구들이 피워낸
남풍이 분다.
무역의 파고를 은근과 끈기로
국산품 애용으로 극복해야 하겠다.

산초나무 산초잎

늦봄 연초록 산초나무가
잎을 피운다.

-이 나무는 잎도 뿌리도
  줄기도 버릴 것이 없다.

형님은 잎은 가을 김치에
쉽게 물러지지 않게 하는 비약으로
열매는 간장에 담가 장아찌로
가끔 잇몸이 시리면
열매를 씹어 증상을 없애게 하라던 말씀

가끔 산에 오르면
형님이 가르쳐 준 산초나무의 효능 생각나
열매도 따고 가지도 꺾어 오는데
형님은 하늘나라 천봉산에서
푸른 나무 가꾸시는지

매봉산 기슭에도 점봉산 기슭에도
양평 운길산 기슭에도
가지 흔들며 나를 맞는다.

사유(思惟)의 바다

같은 주제를 놓고도
각기 다른 생각을 하고
발상부터 다른 생각을 하는 사람

개구리 울음소리를 듣고도
운다고 하는 이
노래한다고 하는 이
환희의 합창을 부른다는 이
고민도 다르다.

신앙 간증을 하면서도
주님을 보았다는 이
은혜를 받았다는 이
기도 응답을 받았다는 이
마음은 처리요
진리의 바다는 파도 소리만 크다.

해너미 바다

해너미 바다를 보면
멀리 수평선 저쪽에
고무줄을 들고 있는 아이 누구일까

퐁당퐁당 발을 들어 고무줄 넘는
어른답지 못한 해 좀 봐.

퐁당퐁당 왼발 오른발
고무줄을 넘다가
퐁당 빠져버리고 마네.

넘어졌나?
수평선 끝자락을 잡고 있는
아이가 오면 물어봐 줄래.

장마

돌아가고 싶은 속성을 가진 것은
언제인가 꿈을 이룬다.

산위에서 태어난 이슬이'
바다에 이르더라도
간절하면
다시 그 숲을 향해 돌아간다.

우주 만유의 법칙이 그러했고
모아지고 흩어지는 사유가 그러했다.

장마는 우주 4대 원소의 하나인
물이 고향을 찾아가는 모습이다.

휴가(休暇)

칠순이 넘어 독거노인 관리를 받는 배려(配慮)
동직원의 전화를 받다 보면
늘 바삐 사는 일상 두렵지가 않다.

-선생님은 대단하세요
 아직도 일하고 계시네요.

새벽에 일어나 지방에서 서울로
조합에서 재개발 현장으로
사무실을 들어가지 못한 날도 부지기수
접대와 영업으로
밤 9시가 넘어야 귀가를 생각한다.

쉽게 무너지지 않겠다는 각오와
내 분신의 자식들이
탄탄대로에서 안착하여 사는 모습
그것을 봐야

일을 놓을 수 있을 것 같다.

휴가가 곧 일이요
일하는 날이 곧 휴가라는 생각
그래서 새벽이 기다려지고
하루 역사를 시작하는 아침이 반갑다.

늘 사랑의 느낌으로
오늘을 산다.

시간 나누기

나이가 들면
살아온 발자국보다
살아갈 발자국 먼저 생각 한다.

일 년 365일을 계산하여도
쉽게 계산되는 수치
분 단위로 계획해도 가용시간 얼마나 되나?

시간을 다시 나누고
내가 기쁘게 나눠 쓸 시간
아, 이토록 인간의 시간이
유한했단 말인가?

바쁘게 살아오다 보니
발견하지 못한 여유와 행복
하나님의 웃음소리가 들려온다.

놀라 하늘 바라보는
내 얼굴을 보고
묻는다.

어떻게 남은 시간 살 거냐고.

지혜

밟히며 자란 꽃모종이
꽃이 탐스럽고
배고픔을 알고 자란 아이가
남을 배려할 줄 안다.

용서를 받아온 이가
용서할 줄 알고
사랑을 받아본 이가
사랑을 베풀 줄 안다.

세상은 넓지만
내가 가진 세상이 작아 보이는 것은
내가 보는 세상이 작기 때문이리라.

내 인생의 시간표

내 인생의 시간표
얼마나 남았을까?

저 멀리 열차의 기적소리 들려오는데
마음은 바쁘고
몸은 굼뜨고
생각은 백여리 밖을 달리지만
구두는 아직 신고 있지 않다.

호박씨를 심으며

재개발 사업지 현장
한쪽 마당 끝에 구덩이를 파고
두엄 한 소쿠리와 개똥 반 바가지
주워다 넣고
호박씨 세 알을 심었다.

길고 긴 겨울밤
고구마와 찐 호박으로
허기를 달래던 시절이 생각나서
유휴지를 보면 무언가 심으려는 생각.

호박이 열리기도 전에
잎을 따서 쌈으로도 먹고
수꽃을 따서 화전을 만들거나
만두를 빚던 그 시절.

올해도 지난해처럼

줄기를 뻗어 언덕으로
아랫집과 컨테이너 건물을 감싸 안고
주렁주렁 열매를 맺으며
자랄 것이다.

보는 것만으로 기쁜 가을
애호박과 늙은 호박이
만추의 수채화를 그릴 것이다.

사랑의 느낌

늑대는 짝을 이룬 부부와 해로한다.
어쩌다 암늑대가 죽으면
숫늑대는 자식들을 키워낸 후
암늑대가 숨을 거둔 장소에 돌아와
굶어 죽는다.

병든 부모와 함께 살 때는
죽음이 임할 때까지
먹이를 물어 나르는 늑대의 삶
그 고귀한 삶
누구 비난할 수 있으랴.

바다에서 살다가 모천을 거슬러 온 연어가
알을 낳고는 죽어 어린 새끼의
양식이 되듯
왕우렁이는 새끼 우렁이에게
자기 몸을 먹이고

서서히 죽어 빈집을 남기고
가시고기는 새끼들을 입으로 품어
먹이활동을 할 때까지 보호한다.

사랑은 목숨을 바쳐서라도
마음과 몸을 다 주는 것
하찮은 생물에게도 배움이 있다.

호스피스 병동에서

이 세상에서의 삶
영원히 작별하는 장소
마지막으로 보고 싶은 사람
그리웠던 사람
감사했던 사람
눈인사만으로 그 애잔한 추억
되새기고 싶은 환자.

태어난 시간과 나이가 달라도
이승을 떠나는 시간은
앞서거니 뒤서거니
무엇을 슬프다 할 것인가.

잠시 세상의 맑은 공기
더 향유 하고
가는 시간 갖는 것
그래서 두려움에 떠는 친구의 손을 잡고

–고생하였네. 편히 가시게.
그 한마디가 최상의 인사라는 걸 알고 있다.

친구와 가족이 부르는
찬송 들으며
하늘의 부름을 받고 떠나는 친구
눈물로 배웅하는 게 아니라
미소로 보내며
평안한 하늘 세상 부활을 노래 한다.

팁으로 받은 백만 원

법무법인 송무국장으로 근무할 때
결혼식 일정이 잡혔다.
그동안 어미 없이 곱게 자라준 딸
어미가 곁에 있었더라면
빈틈없이 챙겨 줄 것이 많았을 텐데
마음이 애잔하여
잠을 이루지 못했다.

잠을 잊기 위해 시작한 대리운전
정정 차림으로 찾아가
하루는 일산까지 가는 손님을 태웠다.
-어디까지 모실까요?
-일산 백석역까지 갑시다. 내가 술을 좀 했습니다"
이런저런 이야기 끝에 나온
딸의 혼사 이야기

가만히 듣고 있던 뒷자리의 그 손님
수표 한 장을 내미셨다.
–축하합니다.
믿음을 가지고 장한 아버지로 남아주셨네요.

삶의 진솔한 믿음이 사랑스러웠나 보다.
수표 한 장 백만 원
내가 사회에 나눌 빚이다.

광해군 墓

남양주 天主教 묘원 남쪽 자락에
손조 임금의 차남으로 이름은 혼(琿)
조선 15대 왕이다.

산 능선을 따라 지은
촌가의 묘역처럼 초라한 봉분에는
한 시절 君主로 천하를 호령했던
왕의 자취 흔적 없고
소나무숲에 숨겨진 묘역과
이끼 낀 돌비석에는
대북파의 소용돌이에 휘말려 고민하는
광해의 번민이 잠든 듯
고요가 흐른다.

7년간의 임진왜란에서
망국의 상황에까지 이르렀던 조선
당파싸움으로 내정이 혼란스러웠던 시절에

임금으로 등극하여
민심을 수습하고 명나라와 후금의 침략을
슬기롭게 극복하며 善政을 베풀던 젊은 왕.
內治의 실패로 당파싸움에 휘말려
결국, 광해군으로 강등된 임금
남양주 산자락 낮은 언덕에
한 많은 사연을 안고 누운 광해의 그림자 옆에
일본의 무역 보복으로
전쟁 아닌 싸움을 하고 있는
이 시대의 위정자들을 보노라면 가슴이 시리다.

제2부 살며 사랑하며 (시조와 노랫말)

◈ 동요와 유아동요

하마와 코끼리 (유아동요)

호수와 연못을 만드는 비버 (유아동요)

아카시 꽃 (유아동요)

아침 인사 (유아동요)

나는 사과 (유아동요)

아가 아가 우리 아가 (태교동요)

119 아저씨 (소방동요)

바다처럼 산처럼 (창작동요)

우리 자원 우리 환경 (환경동요)

지도를 그려보자 (창작동요)

자연을 가꾸는 일 (환경동요)

닥나무 한지 뜨기 (국악동요)

국민의무 납세의무 (콘텐츠동요)

임실 내 사랑 (콘텐츠동요)

도시광산 도시광부 (환경동요)

온달산성 쌓기 노래 (창작동요)

◈ 시조

외나로도 船着場에서

전라 左水營에서

靑山島의 봄

선유도

| 유아동요 |

하마와 코끼리

1\. 하마, 하마 입이 커요
배도 크고요.
코가 큰 코끼리 코가 길어
코끼리.

2\. 하마, 하마 배가 커요
입도 크고요.
코가 길어 코끼리 코가 커요
코끼리.

* 유치원 누리과정 개편 ;송결 작곡

| 유아동요 |

호수와 연못을 만드는 비버

1. 비버가 나무 베어 강을 막아
   둑을 쌓고요
   호수를 만들어서 친구들과
   고기 잡아요.

2. 비버가 만든 농장 숲속나라
   물고기 농장
   시냇물 가로막아 댐을 쌓아
   만들었어요.

* 유치원 누리과정 개편 ; 노영준 작곡

ㅣ유아동요ㅣ

아카시 꽃

송이송이 하얀 꽃, 아카시 꽃
꿀벌에게 젖을 주는 엄마 젖이야.

* 유치원 누리과정 개편 동요 ;김남삼 작곡

| 유아동요 |

아침 인사

엄마하고 아침 인사 눈 맞춤 인사
방글방글 미소로만 대답을해요.
신이 나서 버둥버둥 아기의 세상
노랑해님 궁금해서 찾아왔어요.

아빠하고 저녁 인사 눈 맞춤 인사
벙글벙글 미소로만 대답을해요.
하루종일 옹알이는 무슨 말일까
파란달님 궁금해서 찾아왔어요.

*유치원 고급과정 ; 오영민 작곡

| 유아동요 |

나는 사과

사과가 익었어요. 랄라
사과가 맛있어요. 랄라
새콤달콤 사과가
빨갛게 익었어요 랄라.

* 유치원 누리과정 개편 동요 ; 이성복 작곡

| 태교동요 |

아가 아가 우리 아가

1. 곱게 곱게 자리 잡은 우리 아가
   엄마 숨소리 리듬에 맞춰
   오른쪽 왼쪽 발차기 하나 봐
   동그랗게 커가는 엄마의 놀이터
   축구도 하고 태권도 해요.

후렴) 사랑, 사랑 우리 아가 곱게 자라라
   사랑, 사랑 우리 아가 어여쁘게 자라라

2. 새록새록 자리 잡은 우리 아가
   엄마의 사랑가 리듬에 맞춰
   하나 둘 셋넷 춤을 추나 봐
   동그랗게 불러오는 엄마의 무대
   백조처럼 예쁘게 발레를 해요

* 2012 용인 태교동요제 참가작품

| 소방동요 |

119 아저씨

1. 119, 119, 119 아저씨
   우리를 지켜주는 용감한 아저씨
   불이 나도 달려와요. 위험해도 달려와요
   우리를 지켜주는 빨간 모자 아저씨

후렴 : 비키셔요. 비키셔요. 길을 비켜요.
빨간 차 달려온다. 길을 비켜요.

2. 119, 119, 119 아저씨
   우리를 지켜주는 수호천사 아저씨
   아침저녁 새벽에도 언제나 달려와요.
   우리를 지켜주는 빨간 모자 아저씨.

| 창작동요 |

바다처럼 산처럼

1. 바다처럼 너른 마음 갖고 살아요.
   친구들과 작은 일로 다투지 말고
   어깨동무 사이좋게 서로 도우며
   거친 파도 맞서 싸울 친구 되어요.

2. 태산처럼 크고 높은 꿈을 꾸어요.
   어린나무 크게 자라 숲을 이루듯
   힘을 모아 서로 도와 사이도 좋게
   미래 희망 새싹들이 되어 보아요.

* 바다동요제 참가작품 : 노사강 작곡

| 환경동요 |

우리 자원 우리 환경

1. 삼–천리 금수강산 천혜 자원 보배의 땅
   대대손손 이어나갈 겨레의 땅 여기로세
   이 세상에 유한한 것 그 무엇도 하나없어
   물과 흙과 나무하나 보배로운 우리 자원

후렴) 깨끗하게 지켜주고 천혜 자원 아껴 써서
나라 사랑 겨레 사랑 우리 땅을 지켜가요.

2. 금수강산 삼천리에 보배로운 우리의 땅
   치산치수 청정 환경 우리 조상 지켜왔지.
   넘치는 것 아껴 쓰고 귀한 자원 아껴 써서
   자손만대 전해줘요. 보배로운 우리 자원

* 그린환경동요제 참가작품 : 이재영 작곡

| 창작동요 |

지도를 그려보자

1. 지도를 그려보자 지도를 그려보자
   우리 땅 산과 들 지도를 그려보자
   점점이 솟아있는 섬들과 푸른 바다
   우리 땅 우리 바다 지도를 그려보자.

후렴) 우리가 그려보자 통일된 우리나라
      우리가 그려보자 삼천리 금수강산.

2. 지도를 그려보자 지도를 그려보자
   푸른강 푸른 산 지도를 그려보자
   백두산 한라산도 외딴 섬 우리 독도
   우리 땅 우리 바다 지도를 그려보자.

* 통일 동요제 작품 : 이순희 작곡

| 환경동요 |

자연을 가꾸는 길

1. 풀 한 포기 나무 하나 이름 모를 꽃이라도
   이 땅 위에 자라나서 푸르름을 만들어요
   구름으로 피어났던 한 방울의 물이라도
   대지 적셔 풀 한 포기 가꾸듯이 아껴봐요.

2. 작고 어린나무 싹이 크고 넓은 숲이 되듯
   시냇물이 흘러흘러 큰 강물을 이루어요.
   우리들이 사는 세상 대자연을 잘 가꾸어
   멋진 풍경 아름다운 금수강산 만들어요.

* 2018대한민국창작국악동요제 발표작품 : 정동수 작곡

| 국악동요 |

닥나무 한지 뜨기

1. 텃밭에다 골짜기에 심고 가꾼 보배나무
   천년 전통 한지 만들 닥나무를 아시나요.
   닥나무를 베어내서 한 겹 두 겹 껍질을 벗겨
   삶고 풀고 흔들어서 전통 한지 만들어요.
   슬렁슬렁 체를 들어 장단 맞춰 한 장 한 장
   천년 가도 변치 않는 전통 한지 만들어요.

후렴) 다듬질로 공글리기 색깔도 입혀
천년 전통 한지 문화 지켜가요.

2. 언덕마루 골짜기에 심고 가꾼 우리 나무
   천년 전통 한지 만들 닥나무를 아시나요.
   이른 가을 베어내서 한겹 두 겹 껍질 벗겨
   가마솥에 풀어놓고 전통 한지 만들어요
   다듬질에 공그르기 장단 맞춰 한 장 한 장
   문화유산 담아내어 천년만년 보전해요.

* 2018대한민국창작국악동요제 발표작품 : 오남훈

| 콘텐츠동요 |

국민의무 납세의무

1. 아름다운 우리나라 꾸미는 일은
   모든 사람 정성으로 이뤄집니다.
   얻은 만큼 세금 내어 가꾸는 살림
   나라사랑 주인 되는 일이랍니다.

후렴) 국민의무 납세의무 지키는 일은
나라사랑 실천하는 일이랍니다.

2. 살기 좋은 우리나라 만드는 일은
   내가 먼저 주인 되는 일이랍니다.
   모든 국민 내는 세금 든든한 살림
   우리나라 지켜가는 힘이 됩니다.

* 나라사랑창작동요제참가작품 : 김영애 작곡

| 콘텐츠동요 |

임실 내 사랑

1. 구름 걸린 성수산에 먼동이 뜨면
   기름진 땅 오수 천변 잠을 깨어요.
   옥정호에 담긴 샘물 흐르고 흘러
   한발 없는 풍년 농사 풍족한 살림
   인심 좋고 살기 좋은 임실 내 사랑.

후렴) 이웃사랑 정다워요. 어서 오세요
마음으로 반길게요. 임실 내 사랑

2. 아름다운 선비문화 빛나는 전통
   충효 예의 본보기요 임실의 정신
   오구 전설 사선 대에 윷판 유적지
   구담마을 치즈마을 우리의 자랑
   한 번 오면 다시 찾는 정다운 고향.

* 임실치즈동요제 참가작품 : 황옥경작곡

| 환경동요 |

도시광산 도시광부

1. 도시광산 아시나요 골목마다 금을 캐죠.
   핸드폰도 세탁기도 은이 되고 금도 돼요
   모아보면 귀한 자원 쓰레기가 아니에요
   버릴 물건 다시 보고 분리하여 배출하고
   재생자원 함께 모아 도시광산 금을 캐요.

후렴) 도시 광산 도시 광부 분리수거 내가 먼저
　　도시 광부 되어봐요. 우리 마을 환해져요

2. 도시 광부 되어봐요. 귀한 자원 가득하죠
   빈 병 한 개 가전제품 쇠붙이나 파지들도
   함께 모아 활용해요. 소중해요. 재생자원
   환경 사랑 자원 보호 아름다운 마음 운동
   함께 모여 찾아봐요. 도시광산 일궈봐요.

* 환경동요제 참가작품 : 김영애 작곡

| 창작동요 |

온달산성 쌓기 노래

어허라 지데미 산을 들어 쌓아라
어허라 지데미 바위 들어 쌓아라
어허라 지데미 흙가마니 쌓아라.

한층 들어 지데미 산을 들어 쌓아라
다진 바위 위에다 바위 들어 쌓아라
조근조근 밟아라 바위 들어 밟아라.

| 시조 |

외나로도 船着場에서

韓半島 끝 외나로도 大洋 향한 디딤발판
제주도도 왜국 일본 소리치면 들리나니
징검돌을 텀벙 놓고 건너뛰며 찾아갈까.

張保皐의 완도 나루 西海攻略 발판이면
외나로도 船着場은 大洋 향한 前進 基地
朱雀 깃발 나부끼며 태평양을 號令하다.

| 시조 |

전라 左水營에서

남해바다 주름잡던 板屋船 짓던 언덕
八影山에 올라서니 동백나무 핏빛눈물
진홍빛의 花冠지니 左水營에 紅旗 뜨네.

將軍船 몰아가던 울돌목의 돌개바람
거북선의 火砲입에 불비되어 쏟아지고
칠천량의 앞바다에 倭軍주검 산이 되네.

충무공의 장한 기개 畢生卽死 사즉필생
12척의 我軍戰船 봉화되어 發火하니
壬辰年의 南海海戰 빛이되어 남아있네.

| 시조 |

靑山島의 봄

천신 만신 바둑돌에 섬마을을 장엄 했나
靑山島의 다락논에 유채꽃은 만발하고
안개 바다 점점 섬섬 하늘 구름 앉았어라.

숭어 조기 우는소리 남해바다 시끄럽고
燈臺 위의 고동 소리 외항 선박 놀라 뛰면
청산도에 갈매기만 비행하며 소리친다.

| 시조 |

선유도

섬 자락을 베어내서 다리 놓아 이어내니
선유도의 그림 풍경 비단 바다 풍경화고
홍기 백기 세운 어선 뱃고동에 춤을 춘다.

봄 바다에 조기 울음 선유도를 감싸 도니
포구마다 파시 행사 섬마을이 풍년이라
볼우물이 그윽한 그 혼처 날까 기다리네.

제3부 가슴에 뜨는 달

幼年의 뜰
탱자
앵초
문구멍
동강 할미꽃
씨감자
눈을 뜨고 꿈을 꾼다
두물머리
빈대떡
구례 토지면의 아기
사돈의 선물
부부
고향 가는 길
巨山 같았던 형님
신앙으로 지켜온 가정
가슴에 뜨는 달
백마고지역
철책이 걷히다
조부님의 갓
가슴에 내리는 가을비

幼年의 뜰

古稀를 넘기고도
꿈에선 늘 늙은 부모 곁의 형제와
姑母를 따르며 고향 언덕에서 논다.

나무에 움트고
강가에 유채꽃 무리지어 피어나고
키 큰 호밀 팰 무렵이면
꿈에서는 밤마다 푸른 고향 언덕을 쏘다니지.

지금은 세상을 바꾼 이웃들과
부모님의 아련한 모습
넉넉하지는 않았지만
형제들 어울려 놀던 집터
꿈에서도 종달새가 운다

어린 시절의 산마루 능선이 아니고
그 시절의 강가가 아니거늘

눈 푸른 고향의 언덕은
언제나 그 자리에 있다.
幼年의 뜰에서.

탱자

가시 끝에 매달려
해님 흉내를 내더니

서리 내린 아침
노랑별 되었다.

앵초

맏딸로 태어나서
공부도 제대로 하지 못하고
동생들 업어 키우다가 어른이 된 누나

결핵으로 앓다가
동짓날 이틀을 남겨두고 세상 떠나셨다.

누님의 묘소 오르는 산길
찬바람에 쿨럭쿨럭
언제나 기침 소리

앵초꽃이 기침 소리처럼 쿨럭이는
4월 갯바람에
보랏빛으로 피었다.

문구멍

안에서 보면
구멍이 크게 보이고

밖에서 보면
구멍이 점점 작아져
점(點)이 된다.

티끌같은 작은 점
문구멍.
그 안에 세계가 있고
그 밖에 우주(宇宙)가 있다.

동강 할미꽃

눈 예쁜 영월 각시
강기슭 벼랑 틈에 집 지었다.

키도 작은 너와집에
햇살 익는 나루터
자매들만
아버지 기다리고 있는 집.

씨감자

한발이 들던 어느 해
굶주림에 마을마다 굶어 죽은 이가
회자 되던 이른 봄

황달에 걸린 친구들
하나둘 쓰러지고
씨감자마저 삶아 먹은
춘자네 할머니
군입 하나 줄인다며 집을 나가셨다.

봉제공장에 나가 일한 품삯으로
밀자루 한 포 사서
죽으로 연명하던 그 이른 봄
여린 쑥이라도 돋으면
아이들 얼굴에 화기가 돌았다.

신정동 골목을 지나다

싹이 난 감자, 한 바구니 버린 모습
한참을 지켜보다가
왜 눈물이 나오는지
감자 한 알 들고 구름 머문 하늘 보았네.

어제와 오늘이 다르지 않고
예나 지금이나 변한 것 없는데
생활의 방편 나아져
먹는 것 하나 달라진 것일 뿐
우리가 내세울 것 무엇인가.

일제의 그늘에서
한국전쟁의 그늘에서
배고픔을 겪어본 사람들
그 시절의 씨감자 사연 알고도 남을 일
너무도 풍족하여
가끔 이 풍요가 두렵다.

그 참담한 시절 다시 올까
그게 두렵다.
풍요를 누리던 이 시대 아이들
어떻게 견디고 살까. 그게 두렵다.

눈을 뜨고 꿈을 꾼다

빛이 사라지고 어둠 속에 눈 감으면
하루가 헛개비처럼 지나간다.
눈을 뜨고 꿈을 꾼다.

그 많은 여유와 빈틈이 있는데도
바쁜 척 마음만 동동거리던 하루

나이가 들면 매사 초연하고
사리 분별도 바르다 했는데
사유만 깊어갈 뿐
마당가 연잎에 맺힌 이슬
그림자를 씻다가 어둠 만든다.
눈을 감지 않아도
이제 어제를 꿈 꾼다.

두물머리

남한강과 북한강이 만나는
양평 두물머리
예전 마을 언덕에 자리했던
수천 년을 산 느티나무
이제는 두물머리 이정표가 되었다.

연잎들이 강변을 덮어가는
늦은 여름이면
물닭이 병아리를 데리고
나들이를 떠나고

가마우지 자맥질을 배우는
저만치 가장자리에는
가끔 백조들이 찾아와
고향을 묻는다.

비가 오는 날이면

강가에 만든 연밭에서
청개구리 통성기도에 여념이 없고
물방울로 튀어 오르는 강물 위에는
동그라미만 동글동글.

빈대떡

비가 오는 날
솥뚜껑을 엎어놓고
비게로 둘러 굽는 녹두빈대떡

빗물이 주르륵
선술집 포장 막을 따라 흐르면
의자 잡아당겨 탁자 앞으로
반걸음씩 당겨 앉던 비좁은 전집(煎葺) 풍경

70연대 종로와 모래내 시장 풍경이다.
다시 전집이 늘어나는 시장터
살기가 그만큼 각박해졌나?

술보다도
서로의 안부가 궁금해
만나고 만나면 어제 한 이야기
고향이야기, 옛 시절 놀던 이야기

녹두전 한 접시를 두고도
어머니의 그림자도 발견하고
고모의 얼굴도 보고
막내 동생의 때 절은 옷소매를 발견하고
눈물지을 때가 있다.

구례 토지면의 아기

구례 산수유마을
봄부터 가을까지 꽃이 핀다.

마을앞 실개천에 옹기종기
늙은 바윗돌이 앉아있고
기슭을 따라 앉아있는 고풍 가득한 기와집
골목마다 옛 이야기 서린 가락
바람소리로 속삭인다

2017년 구례 토지면에서
태어난 아기 단 1명. 사망자 87명
인구절벽에서
사라져가는 농어촌의 모습이 보인다.

올해만 전국에서 222개 학교가 문을 닫고
대학도 16곳이 문을 닫는단다.

나라를 지킬 군인도
이제 傭兵으로 채워야 할 시대
군인의 의무복무 기간을 줄인다는 발표가
갑자기 가슴을 친다.

사돈의 선물

딸아이가 들고 온 사돈의 선물
과일이 크고 달아
수라상(水剌床)을 받는 느낌이다.

과일 선별하고 포장하며
사돈 얼굴 그려 봤을
다정함이 따뜻하게 다가 온다.

깍두기도 담그고
목이 잠기면 깎아 먹다가
독감으로 고생하는 후배에게 나눠 주었다.

꿀에 재워 쪄서 먹는다고 하더니
한 주가 지나고
밝은 얼굴로 전화를 했다.

'사돈께 제가 인사를 해야겠습니다.'
나눔의 사랑
그 작은 원력이 기쁨을 만들었다.

부부(夫婦)

사랑으로 맺은 인간사
때로는 원수처럼 보일 때도 있고
하나님처럼 보일 때도
이웃집 아저씨처럼 보일 때도 있다.

어느 한쪽이 병마나 고통 속에 헤 메일 때
자식도 가족도 팽개친 채
이혼을 선언하는 파렴치한 인간
그런 부류의 인간이 가끔은 자유롭게 산다.

결핵으로 각혈을 하며
몸무게가 40kg를 오르내릴 때
돌아서는 아내를 보내고 두 아이 손을 잡고
노을 핀 하늘을 볼 때
하나님은 목련 핀 푸른 하늘 내게 보여주셨다.

신앙이 없었다면 극복할 수 없었던 아픔

아이들에게는 더없이 필요했던 엄마
울며 엄마 치마 단을 잡던 아이들
몰인정하게 돌아서던 그 시절의 모습이
가끔 다시 살아나 나를 괴롭힌다.

꿋꿋하게 살아온 아이들
그 시절 잊지나 않았을까?

건강 되찾아 금은 방 점원으로
대리기사로,
부동산 컨설팅 요원으로
밤낮을 지켜온 40여 년.
이제 아픔을 기쁨으로 승화시키며
잘 자라준 아이들과 손자 손녀의 해맑은 미소 속에
하늘호수의 천사들을 본다.

고향 가는 길

내 고향 군산 나포리
해질녘이면 노을이 바다를 장엄하고
마을은 한 폭의 수채화가 되는
눈을 감고도 찾아갈 수는 언덕.

고향을 떠난 지 60여 년
지금은 아버지처럼 대해주시던
형님이 안 계시지만
가끔 형님의 목소리가 그리우면
무작정 열차에 몸을 싣는다.

집의 안팎에 꽃을 가꾸시는 형수님
그리고 누님
이른 여름의 햇살 쏟아지는
마당에서 형님의 그림자를 본다.

'건강하니 보기 좋다'
'객지에서 성공한 모습으로 보니 고맙다.'
'상을 타는 뉴스 보고
아우 친구들에게 밥 한 번 사려고 올라왔다.'

그 정겨운 목소리
지금은 천상의 목소리 되어
아침을 깨우고
살아있는 자의 슬픔을 간직하고
하루의 역사를 다시 쓴다.

제2 시집 제목을 친히 정해주시겠다던 형님
'형님, 뭐라고 지으셨어요?'
그리움에 목이 메어
탁자 위에 술 한 잔 부어놓고
기도문을 외웁니다.

巨山 같았던 형님

내게 산과 같았던 형님이
암으로 우리 곁을 떠나셨다.

내 생애 가장 힘들고
어려웠을 때
부친처럼 사랑으로 다독이던 형님

남들은 수술하고도 아직 살아 계시는데
하나님 하늘에서도 형님의 역사
지극히 필요하셨는지
모시고 가셨다.

옛 추억을 더듬어 시집 만들고
'사랑의 기쁨'이라는 이름으로
상재 할 적에

친구분들에게 그렇게 자랑하셨다는
내 형님은 아버지보다도
정이 그리운 내게는 등불이셨다.

형님이 가시고 몇 해가 흘렀지만
밤하늘 보면
어느 하늘에 계실까?
등불처럼 켜 놓은 별빛을 더듬으며
그리움을 삭인다.

신앙으로 지켜온 가정

결핵으로 사경을 헤메일 때
한창 엄마 품이 필요했던 아이들
두 손 뿌리치고
돌아서던 아내의 그 모습
아직도 잊히지 않는다.

죽음이라는 막다른 골목에서
헤어나지 않았더라면 내 분신과도 같던
아이들, 지금 어떤 상황에 있을까?

가끔 새벽에 눈을 뜨면
그 힘들고 아팠던 기억이 떠올라
가슴을 친다.

늙은 어머니와 누님이 안 계셨더라면
아이들 곱게 키워낼 수 있었을까?

'아빠 어디가?'
'회사, 오늘도 늦을지 몰라. 밥 잘 챙겨 먹고'
'응.'

금은방에서 부동산 중개인,
저녁에는 대리운전 기사
출근길에는 언제나 책 한 권 끼고
흐트러진 아빠의 모습 보이지 않으려고
술 한 모금 입에 대지 않던 그 시절
나를 지킨 것은 하나님의 목소리였다.

엄마처럼 아빠도 떠나지 않을까
두려움에 매달리던 아이들
아빠가 왜 모를까
쉬는 날이면
언제나 책을 읽는 모습으로
아빠의 건강한 모습 각인시키려
아파도 누운 모습 보여주지 않았던
딸들아, 아빠도 그때 많이 힘이 들었단다.

이혼 재판부에서 우리 부부에게 묻던 판사의 말
'아이들 양육은 누가 맡겠습니까?'

끝까지 대답 없던 엄마
'제가 맡겠습니다!' 두 번이나 외쳐도
엄마의 얼굴 바라보던 재판장
돌아서는 아내의 뒷모습
그렇게 매몰차고 무서운지
처음 알게 되었단다.

아이들의 그 맑은 눈망울
눈에 밟혀 아파도 일찍 일어나
아이들 책가방 챙기고
옷을 입혀 학교 앞까지 배웅하는 날이면
아빠마저 자기들 곁을 떠나지 않을까
두려운 얼굴로 나를 바라보던 아이들
그래서 많은 재혼 권유도 뿌리치고
아이들만 보며 살아왔지.

기도로 하루를 시작하던 아침
하나님이 은혜 하시어
오늘 이 기쁨의 성찬을 받게 된 거지.

가슴에 뜨는 달

기다림 충만하면 먼 포구의 불빛도
희망이요 기쁨이다.

간절한 마음 있으면
죽은 나무에서도 싹이 돋고
바위벼랑에도
나무가 자라 열매를 맺는다.

기다리면 다시 올까
돌아보면 혹시나 그 자리에
그림자라도 다시 서 있을까

지혜가 열리지 않아도
풋보리 익는 향기 느낄 수 있고
강가 비릿한 물향기로
버들가지 피는 봄을 알지.

발자국소리 여물지 않아도
꿈에는 오지 않을까
창가에 걸린 달을 끌어
빈 가슴에 채워보네.

백마고지역

원산으로 가는 경원선 마지막 역
한국 전쟁시 9사단 장병들의
처절한 육탄전(肉彈戰)으로 막아낸 전선
그 허리에 경원선의 철도 중단점.

남북교류와 함께
철도 중단점을 잇는 공사를 시작한단다
북으로 1.4km 2개 역사 중축

그 공사를 기념해서 연 호국보훈 시화전(詩畵展)
백마고지역사 경계철망에 걸린 시편(詩篇)들
하늘은 푸르고
6월의 장렬 하는 땡볕은 그때와 같은데
포성(匏聲)은 멎고
고요의 하늘 잠자리가 선회비행을 한다.

선배들의 넋이 잠든 백마고지
손에 잡힐 듯
능선(稜線) 위에 비둘기만 논다.

철책이 걷히다

1950년 한국전쟁 이후
동서 군사분계선을 연하여
설치되었던 철책이 걷어내고 있다.

금방 통일이라도 된 듯
신의주와 원산으로 이어지는
철길을 이을 모양으로 끊어진 철길을 살피고
서로 헐뜯고 비아냥대던
군사분계선 내에서의 선무 방송도
이제는 그만 스스로 확성기 떼어 내리고
전방초소도 서로 철거 합시다
한걸음씩 뒤로 물러섭시다.

60여 년 해안선을 지키던 철책도
훌훌 걷어내 말아놓고
탱크의 남진을 막던 전방 도로 곳곳에
댐처럼 높이 쌓았던 시멘트 구조물

쿵쿵 찍어 허물고
어서 오세요. 반가워요
도로도 널찍하게 닦아놓았네.

정전 이후 한순간이라도 적화통일
북한은 그 기치 내려놓지도 않았는데
무엇을 믿고 스스로 무장을 해제하는지

고지에서 산화한 호국의 영령
흙빛이 되어 일어서고
산위에 불던 소슬바람
"야, 이 미친놈아! 정신 차려!"
함성처럼 다가와 소리치고 사라지네.

해안가 철책도 사라지고
연평도도 마음만 먹으면 한나절이면
점령한다고 호언하던 저들의 만행 잊기라도 했나

상륙정 상륙을 막으려고 설치한 구조물
이제 치우라는 목소리도
연평도에서 들려온다니
가슴 떨리고 잠을 자던 사람도
벌떡 일어서 밖을 바라본다.
아, 언제 이 안보 불감증에서 벗어날까?
전쟁을 겪어보지 않은 세대
너무 낙관적인 위정자들
꿈은 크고 우리가 외면하는 현실은
밤이 더 길고
춥고 외로운 시간은 끝이 보이지 않는다.

조부님의 갓

3대째 遺物로 간직해온 갓
儒林에도 나가시고
글방 열러 학동을 가르치시며
언제나 정장으로 챙기시던 갓

늘 정갈하게 법도를 지켜
바름이 생활이 되던 일상
갓집에 테두리가 떨어진 갓 보관하며
祖父님을 추억하는 시간

이제는 후손들도 종교를 달리하고
크고 작은 일에 찬송가가
기와지붕을 흔드는데
근엄하시던 조부님
말없이 바라보고 계신다.

말총을 엮어 만든 갓
조부님께서 그 갓을 손질하실 때
이다음에 세상에서 제일 좋은 갓
선물하겠다는 약속에
조부님 대견하게 내 머리를 만져주셨지.

이제 세월이 흘러
내 나이 조부님 나이 되었는데도
갓집에 보관한 헌 갓
버리지 못하고
조부님 사진 옆에 두고 바라보며
한 시절 인연을 살피며 산다.

가슴에 내리는 가을비

한 시절 용산 금은방에서
세공일도 배우고
영업일도 배울 때
점방 창밖에 라일락 꽃나무가 있었다.

지나가는 손님들도
잠시 멈추고 향기에 취하고
저녁이면 창문까지 열고
꽃향기에 취하던 늦은 봄

이혼의 그늘에서
아이들이 커가는 모습을 보며
그 꽃향기를 잃은 지 오래

나이 고희를 넘어
그 꽃길을 걷다 보면
내가 살아온 꽃길은 언제였는지
가슴에는 비 내리는 오후의 스산함이
남아있다.

제4부 절벽 위의 소나무처럼

해바라기

마당 가와 장독대에
해마다 해바라기를 기르시던 어머니
비좁은 서울에 와서야
그 작은 취미를 포기하셨다.
해를 따라 도는 그 동그란 얼굴이
남편을 중심으로 순종하며 사는
아녀자의 도리를 가리킨다며
해바라기가 자라는 모습을 관찰하라던 어른
기억의 저편에서
어머니는 하늘 꽃밭에
키 큰 해바라기를
키우실 것만 같다.

밥

밥을 얻기 위해 깨어나고
다투고 상처를 내기도 한다.

누구나 똑같은 사유
하루의 일상
밥을 위해 일하고
밥그릇을 채우려고 노력하다
눈을 감는다.

누구나 똑같은 한 그릇의 밥
그 밥을 위해
눈 부릅뜨고 아침을 준비한다.

임진강 말조개

겨울 오리 날아간 자리
고니처럼
강변마을 아낙들이 강물 속을 젓는다.

강을 오르내리며
키가 큰 고니처럼
강바닥을 더듬어 잡아내는 말조개

가마솥에 한소끔 끓인 후에
하얀 속살을 걷어 올려
부추 숭숭 썰어 내놓는 말조개 장국
연천마을 향토음식이다.

숭어와 황쏘가리 물기슭 따라 오르는
봄날이면
임진강이 키운 말조개 생각난다.

회상(回想)

그림자를 찾으면
나의 발자국 찾을 수 있다.

낯선 도시의 그늘에서
불특정 다수를 만나면서
매일 다른 역사를 그리던 일상

미움보다는 사랑을
경멸하기보다는 축복을
비난보다는 용서하며 살던 날

모나지도 않고 튀지도 않고
평범한 이웃으로
어울리며 사는 것 역사이다.

회상의 그늘에서 다시 보면
학업을 마치고
직장을 얻고 옮기며
추구했던 이상도 하나의 꿈이라

고희를 넘기고 나니
주변에서 소거되는 친구들과 이웃들
그들이 못다 채운 이승의 세월
대신 살며 바라보는 하늘
어찌 고맙다 할 수 있을까

빗소리가
요단강을 건너는 상엿소리다.

동구 나무 어깨 위에는

나무의 어깨 위에는
사랑방 의자가 놓여있다.

밭갈이 하던 암소의 긴 울음소리와
알을 품던 암탉의 울음소리
도시에서 갓 시집온 이장집 며느리
대파를 다듬다 울던 목소리
종종종 가지 끝에 걸어두고
나무는 덥다
가지를 흔들며 부채질이다.

저녁이면 새들이 찾아와
어깨를 맞대고 잠이 들고
강변을 거슬러 쉬엄쉬엄 찾아온 바람도
얼굴을 부비며 흔들흔들 쉬고

지난 가을 쓰러져 자리 보전하는 할머니

오늘도 헛간채에는 산 고양이
누웠다 가고
마을 지켜보는 동구나무
가슴이 무겁다.
밟고선 발이 시리다.

나무의 어깨 그래서 단단하다.
고단하게 사는 농부를 닮아
어깨가 단단하다.

팔영산 솟대

내가 가진 하늘
반쯤 나눠주려 했더니
나보다도 먼저 갯골 언덕에 올랐구나.

하얀 배꽃 지고
살 오른 새우 육 젓 갈무리하는 외나루 포구
새벽부터 시장 바쁘더니
석쇠에 올린 조개가 다문 입을 열고.
장승아비 말할까 말까?

조 밭에 허수아비도 손짓만 허우적대고
출항하는 어선의 어깨 위에
갈매기들은 종종걸음으로
앞서거니 뒤서거니
뒤따라 나서는 아침.

한 계절을 기다려도 오지 않는
갯골언덕에
부역나간 지아비 기다리는 아낙들처럼
옹기종기 모여선 솟대

위성이 오르면 박차고 솟아오를까?
팔영산 기슭에 소쩍새 울고
갈매기들은
이제 하늘이 무거워
서낭대의 방울이 되어 앉아있다.

*팔영산 ; 전남 고흥군 우주센터를 안고 있는 바다 끝에 위치한 산.

절벽 위의 소나무

바위 절벽의 틈에 뿌리를 박은 소나무
금방 낭떠러지로
추락할 것만 같은 위치에서
고고하게 푸른 솔을 이고 있다.

어떻게 저 바위틈에 씨를 묻고
긴긴 세월 침묵하며
뿌리를 내려
한 아름의 나무로 자랐을까?

30대 초반 결핵으로
생사의 경계를 넘나들 때
가정을 버리고 뛰쳐나간 여인의 뒷모습
저 푸른 솔처럼 인내하며 가정 지켜줬더라면

내 사랑하는 아이들
좀 더 넉넉하고 좀 더 안락한 기반에서
성장하고
더 크게 자랄 수 있었지 않았을까?

산행길에 우연히
바위틈을 따라 뿌리를 내리고
청청하게 아름드리로 자란 소나무를 보면
아이들 생각에 가슴이 시리다.

京畿의 얼굴

반도의 중심에서
민중을 깨우고 새로운 역사를 준비하던 땅

연천 전곡리의 舊石器 삶의 유적
이천 설봉산 삼국시대의 전쟁터
양평의 지평리 전투 신화
강화와 서해 바다를 연하는 포구의
항전 유적지

3.8선을 연하는 軍事分界線
죽기를 두려워 않고 싸웠던 전방의 격전지
그래서 경기의 청년들은
호연지기를 기르고
나라 사랑 혼불 지피며 살았다.

역사이래 372회의 외침을
슬기롭게 극복하고
역사의 주인공으로 남았던 우리 겨레
이 땅 위에 혼불을
청소년들이 다시 깨워든다.

인비록(人祕錄)의 말씀

인간이 죽어서 가는 길
그 여정을 기록한 인비록(人祕錄)

존재하는 것은 언제인가는 사라지고
아무것도 남지 않느니

인연이 있을 때
더불어 즐겁게 삶을 즐길 여유와
많은 인연을 맺는 것
저승의 북 울리는 자명고이니

두려우면 나를 추억할 인연
나를 추모할 인연
나의 나눔 실천행으로 이어보자는 말씀

인비록(人祕錄)은
나를 다시 살리는 거룩한 말씀이다.

제5부 아름다운 세상 (찬송가와 찬양시)

| 찬송가 |

기도로 여는 아침

고요한 이 새벽에 내 모습을 돌아봐요
청정한 마음으로 내 모습을 돌아봐요
모두가 신뢰하고 모두가 존경하는지
냉정한 마음으로 기도하며 돌아봐요.

어둠이 비켜 갈 때 내 모습을 생각해요
새하얀 마음으로 내 모습을 돌아봐요
공동체 가운데서 미움받지는 않는지
기도로 여는 아침 새역사를 만들어요.

나의 길 두려움 없으리
내가 갈 길 험난해도 주님께서
광명의 길 인도해주시네
이 세상 새로운 길 주님께서
어둠의 길 밝혀주시네

후렴) 이 세상 풍랑에도 두려움 없으리
고독과 허무에도 주님께서 날 위로해 주시네

위험한 골짜기에서 피할 길주시네
이 세상 날 버린다 해도 주님께서
새로운 길 열어주시네
새로운 생명의 길 주님께서
날 인도해주시네.

| 찬양시 |

새벽 기도 가는 길

하나님께서
미명의 새벽 깨워 주신다.
나 사랑하는 십자가 앞에 달려가 갈 때
영롱히 반짝이는 새벽 별한량없이 설레이는
내 가슴 안에사랑하는 나의 별
어머니의 눈, 두 딸의 눈
사랑하는 내 별사랑의 응답으로
사랑의 기쁨으로
십자가 위에 반짝이는 새벽 별.
내 기도 응답해 주신다.
내가 사랑하는 사람들
모두가 온유하는 사랑. 그 별들.

| 찬송가 |

내 일생 주님만을

나의 생사 주관하는 주님 한 분 모셔놓고
기쁠 때나 슬플 때나 오직 주님 뜻대로
가슴 안에 모시면서 정성 다해 섬기리라.
나의 일생 사랑하며 주님 함께 찬송하며
괴로울 때 즐거울 때 오직 주님 뜻대로
마음 안에 섬기면서 정성 다해 섬기리라.

가슴 안에 주님 한 분 정성 다해 모시고
온갖 환란 다가와도 오직 주님 뜻대로
마음속에 모시면서 기쁨으로 섬기리라.
주와 함께 동거하며 주님 찬송 부를 적에
나의 능력 나의 지혜 오직 주님 뜻대로
가슴으로 섬기면서 찬양하며 섬기리라.

| 찬송가 |

주님의 시간

나를 사랑하시는 주님이 가진 시간은
내가 이웃 위하여 사랑하는 그 시간
만 생명을 구원하신 우리 주님 보혈로
세상의 아픔 구원하사 빛이 되어 주소서

후렴) 나의 사랑 나의 주님, 주님 가진 시간에
　　　구원의 손길 잡아주사 은총 내려 주소서.

나를 은혜 하시는 주님이 가진 시간은
내가 이웃위하여 은혜 하는 그 시간
만 생명을 구원하신 우리 주님 보혈로
음지에 아픔 구원할 때 빛이 되어 주소서

| 찬송가 |

길 잃은 양

저 거친 광야에 길을 잃은 양들을
어느 누가 이끌까 갈길 바쁜 사람들아
함께 가며 행복을 함께 가며 영광을
우리 함께 길잃은 영혼 찾아갑시다.

저 거친 들판에 남겨진 양들을
그 누가 이끌까. 하나님의 성전으로
내 영광 그 은혜 잠시 늦춰서라도
우리 함께 전도해 영광 찾아갑시다.

| 찬송가 |

내 주를 사랑하리

1. 어두운 마음 저편에 지혜와 광명 주시고
사랑과 은혜 가득해 찬양하며 따릅니다.
내 주여 내 곁에 임하사 목자가 되게 하시고
절망과 아픔 있는 곳에 사랑과 은혜 베 푸소서.
내 주여 나를 사랑해 교회의 도구로 사용하사
사망과 고통 있는 곳에 등불 켜게 하소서

후렴) 내 평생 주를 사랑하리 주를 사랑하리라
내 평생 주를 사랑하리 주만 사랑하리라

2. 의심이 있는 저편에서 믿음과 희망 주시고
감사와 사랑 가득해 찬양하며 따릅니다.
내주여, 언제나 믿음의 성찬 받게 하시고
믿음의 양식 부족한 곳에 사랑의 기쁨 주소서
내주여, 나를 사랑해 주님의 종으로 부리시사
절망과 회한 있는 곳에 환희 불을 켜게 하소서.

| 찬송가 |

생명의 말씀

주의 은총 주의 사랑
항상 내 곁에 계시니
나의 기쁨 나의 사랑
활기 넘친 하루가 되고
생명의 말씀 온 누리에 가득하사
세상 모두 빛이 나네.

주님 영광 주님 사랑
우리 함께 하시니
세상의 기쁨 온 누리가
은혜 하여 찬송하네.

만생명의 주인이신
주님 내게 임하시니
사망의 고통 대 고난도
떨쳐 나게 하시네
사망의 고통 대 고난도
떨쳐 나게 하시네. (아멘)

| 찬송가 |

목자가 되리

목마른 어린 양이 개울물을 찾듯
나의 주님 이 죄인을 가엾게 찾으셨어라.
길 잃고 유약한 몸 갈 길도 잃었으니
나의 주님 나를 은혜하사
길을 열어 주소서.

거친 준령 헤메이다 소로길을 찾듯
나의 주님 어린 양을 가엾게 찾으셨어라.
검불과 가시밭에 헤맨 몸을 구하시사
나의 주님 나를 은혜하사
길을 열어 주소서.

| 찬송가 |

나 어디 가든지

내가 어디 가든지
주님은 나를 보살피시고
내가 어디 가든지
주님은 나를 사랑하시네.

후렴) 내 주의 사랑 내 주의 은혜
영원한 이 은혜
나 항상 사랑하리 나 항상 기뻐하리

내가 광야에 헤메도
주님은 나를 찾으시고
내가 절망해 헤매도
주님 나를 보살피시네.

| 찬송가 |

저 황야의 어린양

저 황야의 어린 양 길을 잃고 헤맬 때
주의 은총 임하사 구원 등불 밝히네.
지친 몸과 마음을 주님 의지하고서
찬양하며 나가니 길을 인도하시네.

저 들판에 어린 양 길을 잃고 헤맬 때
주님 손길 임하사 밝은 빛을 찾았네.
한 마리의 어린 양 가엾이 여기시사
구원의 빛 발하시니 기쁨 충만하였네.

| 찬양시 |

동방박사의 선물

나사렛에서 아기예수 나실 때
동방박사가 가지고 온 선물 세 가지
황금과 몰약 유향

어린 시절 이 귀한 선물
나도 구할 수 있을까
소원했던 선물

그 세 가지를 얻고도
내 영혼은 아직도
손 모아 경배하며 찾아 헤멘다.

동방의 밝은 별
잘 자라준 믿음의 뿌리
내 사랑하는 아이들이 숨쉬는 땅
여기가 선지자 모세가
사해를 건넌 꿀이 흐르는 땅이다.

| 찬송가 |

의심하지 말아라

1. 의심하지 말아라. 찬송하며 나가라
   주님의 역사 주님의 말씀 주님의 권위
   그 이름으로 만든 세상 의심하지 말지니
   성도들아 따를 지라 의심하지 말지라.

2. 의심하지 말아라. 찬송하며 나가라
   주님의 역사 주님의 말씀 주님의 권위
   그 이름으로 역사하는 모든 영광 나눌지니
   성도들아 따를 지라 의심하지 말지라.

| 찬송가 |

나 찬양하면서

나 찬양하면서 주님께로 나아갑니다
은혜로운 주님께 찬양하며 따릅니다
지친 몸과 마음을 주님 품에 맡기고
나 자유로운 영혼으로 주님곁에 삽니다.

나 찬양하면서 주님께로 나아갑니다
자비로운 주님께 경배하며 나아갑니다
이 세상 모든 속박에서 벗어나서
찬송하며 당당하게 주님께로 나아갑니다.

| 찬양시 |

하루를 여는 기도

삶을 주관하시는 창조주 하나님
어제도 제게 빛나는 하루를 주시고
이웃들과 가족에게
존경받는 이웃으로 아버지로
자리하게 해 주시어 감사합니다.

오늘도 나의 말 한마디에
상처받는 사람이 없게 도와주시고
나의 작은 행동으로
내 주변의 이웃들이 힐난하지 않게 살펴주시고
내가 역사하는 일상 중에
하나님의 은총 내게 임하시사
사고와 안전으로부터 지켜주옵소서.

아버지 하나님
내 가족과 내 이웃들이

아버지의 은혜 잠시 잊고 있다 하여도
황야를 헤매는 한 마리 어린 양을
보살핀다는 마음으로
널리 은혜 하시사
함께 영광의 하늘땅 밟게 하소서.
아멘.

청소년시집
가슴에 뜨는 달

초판인쇄 2021년 4월 15일
초판발행 2021년 4월 20일

지은이 / 이병우
펴낸이 / 연규석
펴낸곳 / 도서출판 고글

서울시 용산구 한강로 가144-2
등록 / 1990년 11월 7일 제02-000049호
전화 / (02)794-4490,(031)873-7077

값 12,000원